詩集　聖域《サンクチュアリ》　目次

I

II

III

Ⅳ

装幀 森本良成

I

座礁

折角　俺様がこれから
オイル・サーディンを肴に
カッティ・サーク*のオンザロックを
一杯やろうと思っていた処なのに
三本マストの高速帆船**
俺の船の方が
暗礁にオンザロックしやがった
幸い　今夜は大潮だ
それまでオンザロックを舐めながら
吉田一穂の詩でも読み
気長に待つとしよう

終夜・船橋《ブリッヂ》に立つ者よ！
傾く南十字星《サザンクロス》
風速20米突
三角波
眩暈《めまい》
　……漁
　灯……

（『海の聖母《マドンナ》』〈帆船〉Ⅲより）

なかなか　いいじゃあないか！
もう二・三杯　オンザロックだ！

　月が昇ったぞ！
と　甲板員の声
いつの間にか眠ってしまっていたようだ

俺はスコッチを呷《あお》ると
ロック・グラスを小テーブルに置き
ハッチを登り甲板に出る
満月だ
　三本とも帆を上げろ！
　大海原へ出るんだ
　出航！

　　　　　＊も＊＊も同意

何処《いずこ》へ

嵐のために
マストが折れてしまった　帆船の如く
彼の精神は
anchorage*を求めて
長い間　海上を
さまよい続けていた

何処へ？

＊投錨地

浚渫船《しゅんせつせん》

深夜　精神の鞍部《あんぶ》に
そっと測深器を降ろす時
突如　浮上する
赤い浮標《ふひょう》

ブルー・ナイツ

アント・ヒルのドアーを引く
螺旋階段を駆け降りる

青く　青い夜よ！
俺と一緒に　此処まで降りて来い！

地下二階にある　ＪＡＺＺ・ＢＡＲ
《ブルー・ナイツ》のドアが開く度に
湧き上がって来る　大音量のＪＡＺＺ！
タイナー・トリオとブレッカーの
『インフィニティ』だ！

青く　青い夜よ！
俺と一緒に　地の底まで降りてこい！

漂流

JAZZは
野良犬のように淋しい男のための音楽
ビクター・レコードのロゴ・マークのように
飼い慣らされた従順な犬ではなく
ゴミ箱の中をあさる犬でもなく
一匹のやせこけた狼の末裔よ
お前　俺よ！
吠えることも忘れ　牙をむくこともなく
ただ夜の街を　今日も漂流する

やっと地下道にたどり着く

此処だけが俺の居場所
今夜も何処からか
テナー・サックスの音が
風に乗って流れ落ちて来る
空き腹に飲むアルコールのように
腸《はらわた》に染み渡る

お前　俺よ！
明日もまた　この街を漂流するというのか？

CRY&CLAY*

レッド・クライ！　レッド・クレイ！**
と　言葉遊びのように叫ぶ男

《レッド・クライ》ならば
ムンクの『叫び』を思い起こす
叫んでいる男は二十年前までの私の心や姿に極めて近い

《レッド・クレイ》ならば
フレディ・ハバードのアルバムのタイトル
ハバードのトランペットの音が
今も耳の奥に　それも鼓膜の無い右の耳に鳴り響いている

『マイルスに捧げる枯葉』のミュートの音も心地良いが
ハバードらしいのはやはり『レッド・クレイ』の方だ

＊男の名前
　または粘土のこと
＊＊赤粘土

夜会服の女

ＪＡＺＺ　ＢＡＲ《ブルー・キャット》のママは、何時も午後六時に店に現れる。青の夜会服の上に蛍光色の黄のエプロン姿で、カウンターの中へ入る。俺は、その左右に露出した細い鎖骨を見るのが、好きだ。素っぴんでも彫りの深い白い横顔、クレオパトラのような髪型、腰のキュッとくびれているのもいい。今夜も俺は、カウンターの端で時折、ハーパーのオンザロックを舐めながら、文庫本の『青猫』を読んでいる。ママの好きなビリー・ホリデーが歌っている。俺の右隣に、フリーのコピーライターの女が座り、タバコに火をつける。

　ホット・コーラ！

と、註文する。馴れ馴れしい口調で、

　あんた、パーマかけたん?まつ毛も?

天然やね！

ママは、顔には不釣り合いなハスキー・ボイスで、何時ものように、鼻をしかめて微笑む。

今日の肴は、オイル・サーディン？それとも焼きうどん？

いらん！これが肴や、マイルドセブン！

ママの渋い顔。俺はハーパーを舐めると、タバコを吸う。『青猫』に挟んだヒモを外し、また読むともなく開く。

退屈な男って最低！

気難しい男もね！

奥のテーブル席から洩れて来るのは、先ほど俺の右隣に居た女と、サロメの声。サロメはママの親友だ。ボーヴォワールと倉橋由美子で理論武装した、唯物論者で自由恋愛主義者だ。

ハーパー、ロックとチェイサー！

俺は叫ぶ。午後七時、若い男がカウンターの中へ入る。ママは、夜会服の上から毛皮のコートを羽織って、店から出て行く。今夜も何処かのクラブで歌うのだろう。勿論、ビリー・ホリディかサラ・ヴォーンを。俺の左隣

に若い男が座る。小声で、
ママがきみを追いかけていて、その後ろを俺が追いかけている、というのはどうや？

何やて！ほんまの話か？

そんなら面白い構図やな、と思っただけの話や。

男は口を濁した。俺はオンザロックもチェイサーも、一気に飲み干し、氷を一ケ口に含むと、『青猫』を閉じる。レジを済ませ、階段を上がり夜の街へ出る。口の中のかち割りの氷に、ゆっくりと歯を立てる。軋む音がして氷が二つに割れる。夜の街が眩しい。

光の海だ！

夏の日

緩《ゆう》い坂を　歩いて登る
坂の上には　古びた　小さな珈琲館
額の汗を　ハンカチで拭う
ドアを押す
鈴がなる
窓際の席に座る
　アイス・コーヒー！　シロップはいらない　ミルクだけ！

窓の外の坂道を

蛍光色のグリーンのタンクトップにサンバイザー姿の娘が
自転車で下って行く

カナカナが鳴きだした

想い出の珈琲館

起伏に富んだ土地の、坂の上の珈琲館。日替わりメニューの
コーヒーは百円。
月曜　アメリカン
火曜　ウィンナ
水曜　アイリッシュ
木曜　モカ・ブレンド
金曜　キリマンジャロ・ブレンド
土曜　ブラジル
（日・祝　定休）
今日は、アイリッシュの日。ウィンナでなくて良かった。

席は四人掛けで、内側の壁三面もテーブルや椅子と同じ焦げ茶色の木製で、天井まである。床は通路よりも一段高くなっていて、やはり焦げ茶色の木製。個室に近い。インテリアは？と言えば、頭上の優しいオレンジ色の小さな照明のみ。聞き取れない会話と、有線のジャズと、コーヒー・ミルの音。香ばしい香り。通路の右側を見ると、婚約者と一緒のカトリーヌ・スパークが、笑って私に席を勧める。私は、男の横に座る。男は府税事務所員だから卒業と同時に、昇進と昇給が約束されているのだ。この娘《こ》は何故か何時も、私には笑っている顔しか想い出せない。

この珈琲館も、都市再開発でいつの間にか消えてしまった！

仮想葡萄街へ向かう

女にもらった
黒い《セーヌ》！
《ミラボー橋の下　セーヌは流れる》かぁ？
アポリネールだな！
街角の　パン屋で買った
ジャムGパンの　紙袋
あっ尾だ！
走って渡ろう　紅沙店

《渉猟交社》の看板から
左へ二つ目の路地を
右へ折れる
さらに左側の雑魚《ざこ》ビルの地下へ
階段を下りる

ＪＡＭってる？
当たり前だ！
此処は昼間は　パン屋の《荒場》
だあ！

本当に？

スパーク　スパーク！
カトリーヌ・スパークのこと？
ただの火花さ！パンタグラフのね
本当に？
知らないよ！昨晩　ジェイムス・ジョイスと食事をしてね
勿論　彼の好きな　ジェイムスンをやりながら
アイリッシュは　３回蒸留するんだそうだ
我々は　随分議論したよ
《航跡《ウェイク》》についてね
僕は《光跡》の方が好きだが？
と言うと

彼は《お通夜《ウェイク》》は《目覚め《ウェイク》》だよ
と ジェイムスンのストレイトを一気に呷ったよ
私はといえば 冷めたアイリッシュ・コーヒーを飲み干した
何人ものフィネガンたちのためにね

海の森　森の海

深ぁい　不快ぁい　夜の海
水母《くらげ》*の群れが
蛍光色の虹の光を　明滅しながら
海の森の中を　漂っている
ホンダワラの森の中を
淫靡な襞と長い触手を
海の流れに戦《そよ》がせながら

エロスの海よ
海の水は　冷たいか？
海に潜む異族たちよ

嵐によって
遠く遠く俺の想い出を
運び去れよ！

不快ぁい　深ぁい　夜の森
朽木**も　森の海の中で
数え切れない茸の群落とともに
青白く　発光している
これが《朽場》の光景だ
倒木は俺の墓標
暗い森の奥に　樹海に
今　海の月***が昇る

タナトスの森よ
森の中は　寒いか？
森に潜む異族たちよ

山火事によって
遠く遠い俺の想い出を
焼き尽くしてしまえよ！

＊の水母も＊＊＊の海月もクラゲのこと
＊＊には①腐った木と②不遇のまま虚しく
一生を終える人の、二つの意味がある。

奇婦人

天王寺の大きな種苗店の裏庭で
独り　サギソウの苗が三本ある鉢を見ていた
　この花は綺麗わよ！
私の左に何時のまにか白いワンピースの貴婦人が立っていた
　本当ですか？
ええ！
　育てたことがあるんですか？
いいえ　私　花の咲く植物が嫌いなの！御免なさいね！
一鉢千円もするし　買う気をなくして私は店を出た
今にも〈御主人様がお待ちかねです！私に付いて来てください！〉
と言い出しそうだった

『千夜一夜物語』の中の主人公の男がスーク[※]で出会った女のように

あの女は　サギソウの精だったのでは？

※北アフリカから中東にかけて見られる露天の市場。
屋根のある市場はバザールと言う。

II

霧深き森の中で

ある日のこと　一人の若者が
森の中を彷徨っていた
先の方に　少し明るい光の差す処が見えた
しばらくして　切り株が幾つもある
開けた場所に出た
長い杖を突いた老人に出会った
老人は　切り株の一つに腰を下ろすと
隣の切り株に座れ　と言わんばかりに杖で示した
　わしは　この森に棲む妖精の王じゃ
森のことなら　何一つ知らぬことはない
お前は　何を探しにこの森に来た？

《鹿茸《ろくじょう》》が欲しいのじゃろうが？
生え替わったばかりの軟らかい鹿の袋角《ふくろづの》が
漢方で増血、強精剤にするものがの
病人でも家におるのか？
いえ　私は一対の鹿の角そのものが
欲しいのです
何にする？
私の部屋の《オブジェ》にしたいんです
日の出から日没までの間
刻々と変わりゆく　鹿の角の影を
毎日　眺めていたいんです
それも同じ鹿の一対の角の影を
わしは　お前が気に入った！
あれを持って行け！
別の切り株に立てかけた一対の鹿の角を
杖で指し示した

有り難うございます！
若者は　大声で叫んだ
『職人歌合』（網野善彦）を籐椅子に座って
読んでいたら
いつの間にか眠ってしまっていたようだ
自分の叫び声を聞いて　目が覚めた
何とも不思議な夢であった

コヨーテとペヨーテ

深夜
北米草原の狼コヨーテは
牙をむき　吠え叫ぶ
仲間を呼んでいるのか
お前も淋しいのか？

北米先住民たちの
シャーマンは
アメリカ南部原産のサボテンの一種
ペヨーテを噛みながら
神に祈りを捧げる

耳の奥に
コヨーテたちの遠吠えを聞きながら
自己陶酔する

たちまち
幻覚が現れる
幻聴　即ち　神の声を聞く
幻視　即ち　神の姿を見る

遠く遠い昔から伝わる
向精神薬の作用を利用して
北米先住民たちの
シャーマンは
頭の中に詩を描き
声に出す

何十万年も前の
中央アフリカに　最初の足跡を残し
《グレイト・ジャーニー》に旅立ち
北極圏を渡って
北アメリカの大地に
足を踏み入れた人々がいた
北米先住民たちである

何百年も前から
或いは　ひょっとして何千年も前から
口承されて来た
北米先住民たちの詩

【註】
『夜明けの歌』（メスカレロ・アパッチ族）参照

ブルー・ブラッド*

――おお薔薇よ、汝は病めり**

何時の時代のことだったろうか　ライン河の畔《ほとり》にある小さな古城の一つに
若き城主が住んでいた　適齢期になっても　寄り来る美姫たちをものとも
せず　全て袖にしていた　父母も今はなく　城館の主は　青い薔薇の花を
作ることをのみ夢見ていたが　何年経っても青い薔薇の花は咲かなかった

ある日の午後　彼は気晴らしに　生まれて初めて一人で城下の町へ出た
大通りから路地裏のさらに細く曲がりくねった　石畳の道を下って行った
やがて青い木の扉のある小さな家の前に出た　青い服を着た美しい娘が
立っていて　彼を手招きした　娼館であった　彼は誘われるまま家の中へ
入った

女の左腿の内側には　彼がこれまで求め続けて来た　大輪の青い薔薇の花が咲いていて　その体からは甘く強い　むせ返るような薔薇の香りが小部屋中に漂っていた

城に戻った城主は　翌朝　何時ものように薔薇園に行った　するとどうだろう　二輪の大きな青い薔薇の花を見つけた　歓喜のあまり城主は〈昨日の女は青い薔薇の精であったか！〉と思い　女の元へその花を届けてやろうとして　剪定鋏《せんていばさみ》で過って左手の中指を傷付けてしまった　血が流れ出した　血は三日経っても四日経っても止まらず　彼の顔は青ざめて行くばかりであった「青い薔薇の花は一本ずつドライフラワーにしてくれ！誰か医者を呼んでくれ！」城の者が名医として名高い　ユダヤ人の町医者を連れてきた「城主様　これは男子五万人に一人と言われる　血友病Ｂでございますな！ＡＤ２Ｃに成立したバビロニア法典***にも次のようにございます《男子二人を割礼後の御し難い出血にて失いし母親は　三人目の男子に割礼を施すべからず》と」死期《しご》を悟った城主は「青い薔薇を一輪先日の女の元に届けよ！　もう一輪は　私の棺《ひつぎ》の中に！」と言い残して亡

くなってしまった　薔薇園の青い薔薇の木も　若き城主の死と共に　全て
枯れてしまったことは　言うまでもない

＊英語の《blue　blood》つまり《貴族》のこと。
西洋の貴族たちは彼らの身体には青い血が流れていると信じていた。
＊＊ウィリアム・ブレイク（1757〜1827）の詩『病む薔薇』より。
ブレイクは画家としても有名。
＊＊＊『バビロニア法典』（AD2C）とは『旧約聖書』を補完するものとしての
『タルムード』の中にある。

春の谷

ギャーッ　ギャーッ　……
谷間に響く化鳥の声
ポトッ　ポトッ　……
聞こえるのは
何の落ちる音か？
確かに聞こえる　それもすぐ近くに
足元を見ると　無数の大きなアリが
大木を登り降りしている
見上げると　折れた巨人の足から
赤い樹液が流れ落ちている
まだ大地に突っ立っている

ここはその名も恐ろしい《地獄谷》
春先なら　人は《マムシ街道》とよぶ
江戸時代の名残の石畳の小径
手甲脚絆に草鞋姿で
柳生十兵衛（1607-1650）も
松尾芭蕉（1644-1694）も歩いた筈

十九歳の私も　今　迷いつつこの谷間を歩いている

トカゲの尾

円環
あるいは　循環としての
閉じられた物としての《歴史》
トカゲが　もう一方のトカゲの尾を噛み
噛まれた方のトカゲも
自分の尾を噛んでいるトカゲの尾を噛んでいる
これは《歴史》そのものとしての《表象》

《輪廻》の輪を
私は　何処かで断ち切らねばならぬのだ
解き放ってやらねば駄目なのだ

私は
A・ブルトンの『通底器』
この魅力的な書物のタイトルに《トカゲの尾》で
対抗しようと言うのか？
1ページすら読んだことも無いというのに
小説なのか？詩なのか？論文なのか？さえも知らずに
この大馬鹿者めが！

《木曜世界社》の夜

午後3時半　自転車で　新地本通りを西へ
しばらくしてから　南へ左折する
ブロンズの大きな両開きの門
夜になると内側へ引いて開くようになっている
重い門が開き易いように門の下にはキャスターがあり
コンクリートの地面には
その軌跡のように鉄板が付いている
昼間は門は閉ざされていて
右側の門柱には　真鍮のプレートに
黒インクで《木曜世界社》と焼き付けてある
右側の門には　潜り戸が

私はそれを手前に引いて中へ入る
気のせいか　何処かから
カーペンターズの『マスカレイド』が聞こえて来る
私は大きな洋館の小さな勝手口の中へ入る
入るとすぐ二階へと続く階段になっている
「ド・ナ・タ?」と年配の女性の声
「毎度！」
再び「ド・ナ・タ?」としわがれた　女の声
続いて「お二階へどうぞ！」と別の女の声が

階段を昇り詰めて左側へ曲がった処に
極彩色《ごくさいしき》の大きなオウムが止まり木にいる
鳥かごにも入れられずに足輪と短く太い鎖で
止まり木の下の重そうな円形の鉄板に繋がれている
オウムがまたしても　「ド・ナ・タ！」

廊下の奥の方から和服姿の年老いた女性が出てきて
帯の中から財布を出して「御免なさいね！おいくらでした？」

やはり何処かから『マスカレイド』が聞こえて来る
会員制の超高級クラブ《木曜世界社》の夜を想った
夜になると　両側とも奥の方へ開かれたブロンズの門の中へ
次々と吸い込まれて行く男達
この洋館の大ホールで開かれる《仮面舞踏会》
私には全く興味の無い世界
私が好むのは
カーペンターズの『マスカレイド』と言う曲だけだ

III

聖域《サンクチュアリ》

昼間の厳しい労働に疲れ果て、自販機で缶ビールを飲む。腸《はらわた》に染《し》み渡る。ふらつく足取りで、何時もとは違う道を選んでみた。川に沿った道に出た。道と川の間にはフェンスがあり、覗き込むと川面までは、かなり距離がある。大きな長い藻が川一面に生え、流れの方向に揺らいでいる。その間を、五十センチはある真鯉や緋鯉が悠然と泳いでいるのが、見える。水深は浅そうである。川沿いにもう少し行ってみる。と川とは反対側に、黄色い花　を一杯つけたミモザの大木が、出迎えてくれる。直角三角形の公園だ。ベンチに座り酔いを覚ます。大柄な中年の女が、大きな雑種の犬を連れて入ってくる。芝生の小高い処に立ち、犬のリードを外してやっている。犬は一目散に遠くまで駆けて行く。勿論この芝生には《立ち入り禁止》の立て札。突如、女は直立不動の姿勢で謡い出す。

遠き別れに　たえかねて
この高殿に　登るかな
悲しむなかれ　わが友よ
旅の衣を　ととのえよ

……………………………………

……………………………………

何処かで聞いた文句だ。そうだ、藤村の『惜別の唄』だ。そこへ、またもう一人、小柄な妙な男が入ってくる。子供用の自転車のハンドルを、左手だけで持ち、ハーモニカを右手に。身体全体を思いっ切り沈めてから、ハーモニカを吹き出す。今度は、身体を思いっ切りのばす。気持ち良さそうに。と、どうだろう。何とも言えない、玄妙かつ不思議なメロディーが、公園中に流れる。男は公園を横切ると、路地に消えて行く。女の元に犬が戻ってくる。女はいつのまにか芝生の小山から、下りていて、犬にリードを着けて、公園から出て行く。私もベンチから立ち上がり、駅へ急ぐ。

＊

運河のそばに、古いビルがある。ビルと言ってもどうやら、軽量鉄骨の木造モルタル三階建てのようである。玄関口は回転ドアで、下部は板だが、上部は木枠にガラスをはめ込んだだけの代物。近くの子供達が面白がって、何度も出たり入ったりしている。このビルには古いエレベーターも昇り降りしている。天井と床は丈夫な板で、これもまた周囲は下部が板で上部は木枠にガラス。怖くて私は一度も乗ったことがない。運河の同じ側には橋をはさんで、赤レンガの倉庫群。レンガの色は今は少しくすんでいる。私はこのビルの奥の別の入り口にある倉庫でフリーターをしている。25kg・30kgの荷物を肩に担いで、4tトラックに積み込み、助手として得意先の会社で荷を降ろすのが私の毎日の仕事。バイトを紹介しても、皆、十日ともたない情けない奴ばかり。ある日のこと。倉庫から私が外へ出ると、背後にガシャーンと何かが割れる音。小さな植木鉢である。振り返って見上げると、二階のデザイン事務所の女の子が

　あらどうしましょう！ごめんなさーい！

私は言葉を失ってしまう。

＊

フリーター人生から、早く脱出しようとして今日も、ＪＲの駅を降り、運河に架かった橋を渡る。ハロー・ワークを何軒も回って、今日の最後のハロー・ワークに向かう。右側には巨大なガスタンク群。左側には生コン工場があり、ミキサー車が、引っ切りなしに出入りしている。外側にフェンスがあり、歩道に沿っている。ブドウの蔓も、フェンスに沿って、十五メートル以上伸びている。小粒のマスカットを一粒、皮ごと口に含んでみる。甘みは薄いが、残暑の厳しい季節には有難い！私は、このマスカットの木を、マダガスカル島原産の木にちなんで《旅人の木》と名付ける。

＊

とある商店街の入り口に座った男。横の段ボールの小函に入った、三羽の小鳥のヒナが盛んに鳴いている。《カモメのヒナ売ります　一羽千円》

反対側に立った大入道、二メートルに近い。頭はスキンヘッド。道行く男たちの気を引こうとして、盛んにウインクして笑みを浮かべる。超ミニスカートからは、毛ずねが。

商店街の中へ少し入ると、右手に小さなパチンコ屋があり、男が、チンジャラジャラジャラと、景気よく玉を出している。あと五分もしないうちに終了だ。右手のハンドルさばきは全くのプロ。昨日は、上下とも白い服を着て、軍帽姿で白い小函を手に、道行く人々に、深々と頭を下げていた。右手は無かった筈。その右手で今ハンドルをはじいているのだ。

＊

地下街に棲息する者たちよ！ソクラテス、ディオゲネスよ！サッポーよ！ここは古代ギリシャそのもの！長く伸びた無精ヒゲのソクラテスは、その前頭部から後頭部にかけて、見事なまでに禿げ上がっていて、地面に腰を下ろしている。スナックのような物を食べている。ではディオゲネスは？柱にもたれて、朝からずっと瞑想に耽っている。物を食うことすらしない。足下に置かれた、十円玉、五十円玉、百円玉、五百円玉を、眺めることすらなく、両眼を閉じたままやはり柱にもたれている。またサッポーは、夕方になると何時も、毛布を小さく畳んで両手に抱えて、煤けた顔で現れる。人類史上初の女流詩人よ！

*

地下鉄の券売機の横に立つ男。釣り銭が出ると同時に、引っ手繰って、ものすごいスピードで、走り去る。

　泥棒ーっ！

と叫んでみても無駄である。人の波の中にかくれてしまう。

地下街の柱の陰。包帯をぐるぐる巻きにした松葉杖を一本手に立ち、遠くから近くまで見回している、不審な男。

地下鉄のホームの最後方では

右よおし！左よおし！

と指呼すると、次に頬を膨らませて、思いっきりホイッスルを鳴らす野球帽の少年。小学六年生にも中学一年生位にも見える。電車が動き出すと、窓から顔を出している車掌に向かって、身体を硬直させたまま、敬礼をする。

＊

勤務先の近くの小さな公園のベンチで、一時間遅れの昼休み。コンビニ弁当を、お茶で胃に流し込む。三十分以内に会社に戻らないと、二十七才の課長が怒るのだ。労働基準法も何もあったものじゃあない！　私が、弁当もお茶も、全て胃に収めてしまうと、何か水しぶきのようなものが私の頭にかかった。何だろうか？と向かい側のベンチを見ると、公園の片隅の青テントから出て来たと想われる、無精ひげの男が、キャップの無い空の５００mlのペットボトルを手に、キョトンとした眼で私を見つめている。ビニール袋に入った食パンの耳を全て、地面に撒いている。何十羽もの鳩が次々と舞い降りて来る。男は、私が弁当もお茶も残すのをずっと待っていたのだ。当時五十五才の私は、時給七百円で一日四時間から五時間のパート、と言う全く話しにならない低賃金。その上、デスクトップのＰＣ本体やモニターを、毎日何十台も担いでいた。時には二階へ何十回も。体重も半年で10kg以上減った。私にも一日最低限度のエネルギーと、水分も必要だったのだ。

＊

アーケードのある商店街の、シャッターの閉まるのを待ちかねて、段ボール箱を幾つか組み合わせ、それぞれ個性的な夜だけの住居を作って、缶チューハイで簡単な夕食を食べる男達。コンビニ弁当あり、食パンの耳有り。店の若い者たちは、彼らのことを《段ボーラー》と呼んでいたし、日本橋（にっぽんばし）のことを《ニホンバシ》と呼び、客との応対は勿論のこと、社員同志の会話も全て東京弁だった。実に不思議な街だった。

＊

天王寺公園の入り口前の広場に、何やら黒山のような、人だかり。私はそっと人の輪の中を覗いてみる。二人とも《真剣師》のようだ。片方の男は、以前私の居た会社の嘱託社員で、無茶苦茶に将棋の強い奴。もう一人の方は、見知らぬ男だが、二人の男の間には火花が散っている。元私の同僚だった男は、私が会社を辞めた二年後に、会社が倒産して、職を失ったようだ。二人ともこざっぱりした身なりをしているが、賭け将棋で生計を立てているのだろう。私は、気づかれぬよう、そっとその場を離れた。

＊

商店街の入り口で、ビッグイシューを高々と掲げる男の顔は、陽に焼けて黒光りしている。

なんや、まだ居ったんかいな！　早よ自立せな！　カンパや！

男の手に五百円玉一枚握らせる。男は相好を崩し有り難う！と力強く答える。その後、男の姿を見かけることは無かった。

＊

パチンコで、スッテンテンにすって、鞄の中は、定期券と百円玉三枚だけ。タバコはパチンコの途中で三個確保。路地の出口の《百円うどん》で遅い昼飯。勿論、立ち食いだ。負けた後悔と腹立たしさに、少し高いが今日はニシンそばだ。中年の小太りした女が髪を振り乱し、慌てふためいて駆け込んでくる。

きつねうどん、売ってくれへん？《お乞食さん》に食べさせてあげたいねん。もう四日も何もたべてない、言うやないの。ねえ売ってちょうだい！

店長はムッとした顔をしているし、私も、他の四人の客も、聞こえないふりをして、黙々と、ただ食べている。

そや！近鉄で丼鉢買うて来《こ》！そしたら売ってくれるわね！

誰も一言も発しない。店を出ると、先程の女が歩道橋の階段を、慌てて駆け上がって行く後ろ姿がみえた。近鉄百貨店に向かって。私は呆然と、女を眼で追うより他無かった。

此処からは魔窟も近い。

酒屋の立ち呑み

スライスされたトマトの小皿を前に
ビールで　喉を鳴らしている
汗臭い男

味付け海苔の小袋を右手に
左手で　コップ酒を飲み干す
汚れた作業服姿の男

カウンターの他にも
びん・ビールや酒の　プラスチック・ケースを逆さまに
二段積みにして　その上に折りたたんだパッキン・ケースを乗せた

仮のテーブルも満席
さすがに給料日前だ

四十四才にして　やっと
この男たちの気持ちが分かる年に

一日の締めくくりに
今夜は私が
この短い青暖簾を潜る

懐かしの《名門酒蔵》

Ⅰ

値段が高めの立ち呑みだが　特に活物の造りが人気
十人位しか入れないのが難点
狭いカウンターの中には　店員も四人いて
板さん　おでんの係　ホルモンの係　注文の品を渡したり会計をする係
客の腰の下まで垂れた青暖簾の外
寒空の下　順番が来るのをがまんして待っている男たち
ホワイトカラーあり　労働者あり　パチプロありだ

会計の男がすかさず叫ぶ
　御免なさあい！お一人さん間に入れたげてよ！

今までカウンターに向かって立っていた男たちが　一斉に横向きになり
酒もビールも肴も手元へ引き寄せる
外の三人がすかさず青暖簾の中へ入る
　兄ちゃん　ツラとバラと半分ずつ混ぜて！
　あいよっ！
　ハマチのアラ！
　チンする？
男は黙って頷く
　生ギモ！
　あいよっ！
飛田からの帰りに　この立ち呑みに寄り
エネルギーを補給する男達も多い
《生ギモ》とは　どうやら　豚の肝のようだ
今　取って来たばかりのように
ボッテリと血を含んでいる

小鉢に入れて醤油と胡麻油をかけてある
この店のオリジナルの一つで　一番の売れ筋のようだ
私も　初めのうちは　これに手を出せなかったが
胡麻化す　とは　よく言った物だ
なかなか旨い　（ジストマさえ気にしなければ）
一度食べただけだが
今では　懐かしい

私は
　　これとビール！
と　ガラスケースの中の小鉢を指さす
　　尾の身　一丁！
鹿の子になった本物の鯨の尾の身を見るのは勿論
食べるのも　これが最初で最後だった
冷凍のままスライスして　おろしショウガを添えてあった
実に旨かった　今でも忘れられない味だ

Ⅱ

私がこの店に通い始めた頃には
三十才前後の　腕の良い板前の大将が
二十才位の若者を使って　二人で店を切り盛りしていたものだ

午後二時半　本日のネタの仕込みを始める
午後四時半には　長い青暖簾を出す
待ちきれずに　二人の男が青暖簾を潜る
たまらずに私も中へ吸い込まれる
見知らぬ同志の三人は
ガラス・ケースの中の昨晩の残りもので呑み始める
　イイダコと枝豆！
　鯛の子！

揚げてから時間の経った天ぷらの入ったバットがカウンターに出る
（紅ショウガ、小イワシの片身、ゲソ、ナス）
私も注文する
　お兄ちゃん！ビール！イワシとショウガ！
だし汁は掛ける？
私は　黙って頷く
　それから湯豆腐！
店員は　おでんの四角い鍋の別の仕切りの中の豆腐を巧みにすくい
プラスチックの皿に乗せ　その上にとろろ昆布を乗せ更に
ポットの熱いだし汁をかけてくれる
このアイデアには脱帽！実に旨いのだ
これもこの店の　売れ筋の一つ
とにかく　この店の大将の頭の良さ
商才には誰でも驚かずにはいられない

考えつくことが全て　大当たりするのだから

十余年後　腕の良い板前を雇い入れて店を任せ
店員も新たに三人雇い
立ち呑みではなく
更に他に高級店も　もっと離れた一等地に出した
大将は　社長となった
毎日毎日　ＢＭＷでゴルフ三昧の日々
これが失敗の始まり
高級店には客が入らない　客が来ないから
ネタが古くなる　味の良くない高級店は
当然　潰れる

やがて立ち呑みも　大阪市の阿倍野再開発の為に
消えてしまった！

悪酒とオバケとネギマ

師走の風に　赤提灯が揺れている
赤い紙が破れて　中の裸電球が見えている
此処は場末の町の安酒場
カウンターと　背もたれのない三つの椅子
　いらっしゃい！
　熱燗とオバケ！
酒を飲む　腸に染みる
悪酒というものが　これほど旨いとは
小銭入れを覗いてみる
　熱燗もう一本！それからネギマ！
串焼き?.それともおでん？

両方とも！
カウンターの上をゴキブリが這いまわり
足下をドブネズミが鳴きながら走る
今夜は　この汚らしさが心地よい
一人の労働者として

街灯の裸電球も
涙ぐんでいるのか？
にじんで見える

夢街

冬の陽も落ちた
辛い労働の後
今日も駅裏の一角に立ち寄る

夢街は　私のエリア
酔いどれ達の領域
《八丁味噌仕立てのどて焼き》のみの立ち飲みで
コップ酒を呷る男達の街

哀しみの街角で

お前　私よ！
私　お前よ！
何処へ行こうというのだ？
ふらつく足取りで

コップ酒

午後六時過ぎの
酒屋の立ち呑み
味付け海苔の小袋一つで
コップ酒を呷ってから
小銭で勘定を済ますと
まるで逃げるかのように
足早に　立ち去る男達

四十年後の午前二時の台所
魚肉ソーセージ一本で
焼酎のお湯割りを呑んでいる私

今日一日を忘れ
明日を夢見るための酒

IV

面接　I

安治川トンネルにエレヴェーターで降りて川を渡る
人と自転車と単車の専用のトンネル
真夏でもひんやりして心地よい
コンクリートの壁には　幾つもの水滴が
〈俺も随分場末の町に来たものだなあ〉としみじみと感じる

安定所の求人票には《ネジの総合商社》とあったが
建物だけは立派なビルの意外と小さな会社
大企業のひ孫請けの同族企業のようだ
控え室で一時間ほど待ち
若い女性に呼ばれて会議室に入る

作業服にネクタイ姿の男が　椅子に座るように私を促す
五十才代後半の私よりも老けて見えるが　四十才位のようだ
ジャンパーの胸元の名札には《常務取締役》とあった
私が座ると　履歴書を見て
「あんた六本木辺りへ行ったら　ギャルにようもてまっせ！」
この一言で　私は《不採用》を確信した
《倉庫夫》の求人票を見たのと　真夏だったので　黄色のTシャツに
Gパン姿で来たのが気に喰なかったのだ
面接を受ける者は皆　スーツにネクタイでビシッと決めていたのに

面接　Ⅱ

或る中堅の菓子問屋で　面接を受けた
総務部長と名乗る男に　履歴書を渡すと
　あんたの信条とする言葉を　この紙に書け！
　三十分位で戻って来る！
と言って　部屋を出て言った
私は紙に
《人が絶望すること程　罪深い事はない》
　　　　　　　　（ナポレオン・ボナパルト）
と書いて男を待った

一時間待っても　二時間待っても　男は戻って来ない
更に十五分経って　やっと男が戻ってきて
私の履歴書を　投げて寄越した
　うちの会社は　赤旗ばっかり振ってる人間はいらん！
　　帰れ！
と
ニート状態の私は　こんな私が情けなくて
反論すら出来無かった

蒸着

カーブ・ミラーを専門に作っている町工場で
二人の男の面接を受けた
男たちは　社員であるが　同時に　経営者でもあった
この会社は　労働組合が　自主管理しているという
アナルコ・サンディカリズムの理想としているような
珍しい企業だった
私の履歴書を見ると　二人は言った
　此処は　あなたのような方の　来る処ではありません！
　大学の恩師に　相談してごらんなさい
　まあ　現場だけでも見ていきますか？
一日現場を見ただけで　私は辞退した

すぐに病気になりそうな現場だったから
　まあ社会勉強にはなったでしょう！
二人は工場の門の処まで　見送ってくれた

手元*

コンクリート壁に
専用のドリルで小さな穴を空ける
次に職人が
ハンマー・ドリルで　もっと深く掘る
マシンガンのような連続音が
深夜の建築現場に響き渡る
親方が　さらにハンマーで
アンカー・ボルトを壁に打ち込む

巨大な総合病院の廊下に
手摺りを取り付ける作業だ

手摺りは　ストレッチャーから
壁をガードする役目もする筈だ
現場には　私たち三人の他には誰もいない
今朝九時から始めて翌朝の六時半頃に終える予定だ
厳冬期の底冷えのする現場
生乾きのコンクリート特有の湿った臭い

　一息入れよか
鼻先を真っ赤にした親方が
ぼそっと言う
ガスバーナーで湯を沸かし始める
カップ麺を食べて
冷え切った身体を温めようというのだ
　《面取り》**させたら　こいつ　ええ仕事しよるで！
親方が職人に言う
職人の方は　ぶすっとしたままである

三人は　ナース・ステーションの前で
車座になってカップ麺を食べていたが
親方が　腰を上げた
　もうちょっとで終わりや　頑張ろっ！

＊職人の助手のこと
＊＊熔着した塩化ビニールの角を、鉄のヤスリで削ってから、
　仕上げにシンナーをしませたウエスで拭くこと

塩と小雪

　毎度ーっ！○○屋です　集金に来ました
クラブのママが
ああーっ　験の悪い！お客さんのいらっしゃる前に、集金やなんて！
　ユミちゃん　塩撒いて！仰山撒いて！
和服姿で美しい三十才位の女が
私の後ろに大量の塩を撒いた
小雪のちらつく　寒空の下
背後に大量の塩を撒かれた自分が　情けなかった
当時の北新地では　現金払い
何かの事情で付けにする場合は
翌日〈客の来る前に〉という慣習があったのだが

ノイズとＪＡＺＺ

二十四才の春、北新地の傍の塩昆布屋の配達係のアルバイトに採用された。もう一人私の同僚になった男がいた。「証券マンはな、昼飯もナイフとフォークを使う飯しか、食わないんだ！」男は、〇〇工業高校定時制の軽音楽部部長と名乗った。昼飯をおごってくれた上に、食後のコーヒーも、おごると言われ、私は、仕方なくついて行った。阪急東通りの商店街を入った処の左側二階に上がった。小さな店だったが、二人用のテーブルの上に敷かれたガラスのプレートは、何故か、皆、ひび割れていた。テーブルとプレートの間には、深緑色の布のシートが挟んであった。我々の他には誰もいない。まだ昼間だからだろう。スピーカーから流れてくる大音量のＪＡＺＺ。私には、ノイズとしか感じられなかった。今、想い出すと、マイルスのラウンド・ミッドナイトだったようだ。男は言った。「バイトも高校も今日限りだ！ニューヨークへ飛んで、一流のＪ

ＡＺＺプレイヤーになるまで、日本には戻らない覚悟だ！」この年の夏の終わりから、私もＪＡＺＺ喫茶やＪＡＺＺ・ＢＡＲに、連日通うようになった。不運と不幸が同時に襲ってくるようになったのだ。ＪＡＺＺと私の心が、クロスオーバーしたのだ。

裸女の森

冬の夜、小さなアパレル・メーカーで残業をしたことがあった。最上階の五階へ、一階からエレヴェーターで商品を一ケース取りに行かされた。エレヴェーターのドアが開くと、正面の倉庫には、何十体もの裸女が林立しているのが見えた。辺りは静まりかえり、私の歩く音しか聞こえない。彼女たちは皆私の方を、見つめている。尼さんのように頭髪が無い。エロティックでかつ不気味。マネキン倉庫を入ってすぐ右側のパッキン・ケースを一つ引き出そうとすると、「止めときなさいよ」「良いじゃないの」と言う声がする。

《ｍａｄｅ　ｉｎ　ＫＯＲＥＡ》と書かれたパッキンケースのｐｐバンドをつかみ、私はエレヴェーターの前まで引きずって来る。ボタンを押す。二階で止まったままである。次に動き出したとおもうと今度は一階だ。十分も経っただろうか。やっとエレベーターのドアーが開き、私はケースを引っ張り込んだ。ボタンを押すのにドアーの方に振り返ると、女達の眼が皆笑っている。ドアーが閉まって、エレヴェーターは下降し出した。

生き急ぐ*

夏の夜空に
一瞬の光芒を曳いて消えゆく流星の如く
私も　鮮やかな光跡を描きたい

あるいは
大海原を行く小舟の如く
微かな航跡を残したい

*ロシアの詩人ヴャゼムスキー公の詩『初雪』の中の言葉
《生き急ぎ　また　感じせく》
（内村剛介『生き急ぐ　スターリン獄の日本人』より）

朽葉 充（くちば みつる）

1947年金沢市生まれ、大阪育ち。
大阪外国語大学Ⅱ部ロシア語科中退。
大阪文学学校2016年春季入学。現在昼間部中塚クラス在籍。
『聖域』で2021年度大阪文学学校賞受賞。
「雲」同人。

〒583-0886　大阪府羽曳野市恵我之荘6-16-6　橋本 剛 方

聖域《サンクチュアリ》
二〇二三年一月十日発行
著　者　朽葉　充
発行者　松村信人
発行所　澪　標《みおつくし》
大阪市中央区内平野町二‐三‐十一‐二〇二
ＴＥＬ　〇六‐六九四四‐〇八六九
ＦＡＸ　〇六‐六九四四‐〇六〇〇
振替　〇〇九七〇‐三‐七二五〇六
印刷製本　亜細亜印刷株式会社
ＤＴＰ　山響堂 pro.